DE
LA CONTREFAÇON

ET

DE SON INFLUENCE PERNICIEUSE

SUR

LA LITTÉRATURE, LA LIBRAIRIE

ET

les branches d'industrie qui s'y rattachent;

SUIVI

d'un projet de convention entre la Belgique et la France pour l'abolition de la contrefaçon.

MÉMOIRE ADRESSÉ A LA CHAMBRE DES REPRÉSENTANTS BELGES

PAR

C. MUQUARDT.

BRUXELLES.

C. MUQUARDT.

1844

1. La contrefaçon, exercée sur une grande échelle, est une spéculation dangereuse sous le rapport industriel, et imprudente sous le rapport commercial.

2. Mais, quand on ne cherche dans la réimpression qu'un moyen de s'assurer du marché étranger, elle peut, exercée d'une manière nationale et générale comme elle l'est en Belgique, devenir la base solide et assurée d'une opération également avantageuse sous le rapport industriel et sous le rapport commercial.

Nous pensons que le moment est venu de rendre publiques les raisons sur lesquelles nous fondons la première de ces thèses, que nous avons déjà eu l'occasion d'émettre il y a longtemps, en répondant par un refus motivé à la proposition qui nous fut faite par plusieurs capitalistes de former une société de librairie, — et d'en démontrer la justesse, non-seulement par des motifs pratiques, mais encore par les résultats mêmes de l'expérience. Nous espérons que les représentants de la nation seront peut-être amenés par là à examiner les indications et les preuves que nous allons fournir pour faire mieux apprécier notre seconde thèse, et à concourir, dans le cas où ils en auront vérifié la justesse, à faire en sorte qu'on ne laisse pas passer le moment où la réimpression belge, continuant simplement à nous faire rester maîtres des marchés étrangers, pourrait atteindre son véritable but, c'est-à-dire, non-seulement préserver d'une ruine totale une industrie dont chaque jour compromet davantage l'existence, mais encore lui donner une vie et une splendeur nouvelles, et rendre ainsi leur valeur aux capitaux énormes qui s'y trouvent engagés, et qui sont déjà en partie compromis.

En embrassant dans nos considérations non-seulement les intérêts de notre littérature nationale depuis si longtemps froissés par la contrefaçon, et ceux de la librairie, de l'imprimerie et de la fabrication du papier, mais encore ceux des capitalistes et de leurs gérants, si non individuellement, du moins en général, — nous espérons parvenir à désarmer la résistance de quelques intérêts privés, en leur prouvant que nous aurons nous-même à souffrir momentanément de la brusque cessation de la contrefaçon, dans le mouvement des importantes exportations de livres réimprimés que nous faisons à l'étranger, et dont la violente concurrence que la librairie se fait en Belgique nous facilite singulièrement l'achat. Mais nous ne doutons aucunement que le nouvel ordre de choses que nous proposons n'ouvre aux spéculations de la librairie belge une voie plus sûre et plus avantageuse, et que nous ne trouvions aussi, en l'adoptant et en y subordonnant nos opérations, un moyen assuré d'en tirer également un avantage pour notre intérêt particulier.

I

La contrefaçon, exercée sur une grande échelle, est une spéculation dangereuse sous le rapport industriel, et imprudente sous le rapport commercial, parce que le but proprement dit et le motif pour lequel on l'exerce, au lieu d'être, comme cela a lieu dans toute autre entreprise commerciale, le soutien de cette industrie, devient au contraire pour elle un moyen de destruction et de mort, par l'effet de la libre concurrence.

La base ou le motif de cette spéculation est l'avantage que le fabricant de la contrefaçon a sur le propriétaire de l'édition originale en épargnant le droit d'auteur. Cet avantage, il est vrai, n'est pas toujours aussi considérable qu'on pourrait le croire, quand on ne sait pas ce qui se passe derrière les coulisses et quand on ignore que plus d'un éditeur, pour faire du bruit et de l'éclat, produit souvent, avec le consentement de l'auteur, des quittances et des actes de vente de manuscrit où sont portés des chiffres exagérés, qui fréquemment doivent être considérablement réduits pour approcher de la vérité. Ensuite, comme le marché français, c'est-à-dire celui où est produite l'édition originale, reste naturellement fermé à la contrefaçon, le contrefacteur étranger perd aussi par là une partie considérable de sa vente. De sorte que, pour ne parler spécialement que de notre librairie, il n'a fallu rien de moins que l'extraordinaire généralité de la connaissance de la langue française et le peu d'adresse commerciale de la librairie parisienne, pour qu'il fût possible à la librairie belge de conserver le marché des pays étrangers à ses éditions, qui sont portées à des prix passablement élevés, et auxquelles il n'est offert que la seule concurrence qu'elles se font entre elles.

Cependant nous voulons bien accorder que, lors même que la librairie française aurait entendu mieux ses intérêts, l'avantage qu'a sur l'éditeur français le contrefacteur belge qui n'est point tenu à payer des droits d'auteur, est fort important ; mais cependant on ne saurait nier que la réimpression de plusieurs ouvrages a été une fort mauvaise spéculation, grâce à d'intelligentes manœuvres des éditeurs originaux.

Quoi qu'il en soit, ce sont là des hasards qui se rencontrent dans toute spéculation commerciale, et la librairie belge n'aurait point reculé devant eux. Mais on dirait que les capitalistes qui ont engagé leurs fonds dans notre commerce de librairie, et qui, la plupart sans avoir la moindre connaissance de l'état des choses, se sont associés à ces entreprises (que ceux-là mêmes par qui elles avaient été fondées leur avaient dépeintes comme très-avantageuses), n'ont prêté leur attention qu'à ce seul obstacle, et qu'ils n'ont pas songé le moins du monde que la libre concurrence de la contrefaçon (plus spécialement favorisée en Belgique que partout ailleurs, par la langue et par la position géographique du pays) rend entièrement impossible le succès d'établissements fondés sur de grands capitaux et pour un long terme. Car les ouvrages dont le débit plus étendu pourrait couvrir les pertes essuyées sur des entreprises plus mauvaises ou sur celles que les éditeurs originaux auraient contrecarrées, sont précisément ceux sur lesquels tous les éditeurs se jettent avec une telle unanimité, que même, en renonçant à tout espoir de bénéfice et en se résolvant à se contenter simplement de rentrer dans leurs frais d'impression, ils courent encore risque de perdre à l'opération. Nous savons en Belgique ce que c'est que nos éditions à quarante et à cinquante centimes le volume, et cette spéculation si malheureuse sous le rapport commercial, par laquelle la plupart de nos grands journaux ont été amenés à devoir fournir *gratis* à leurs abonnés toutes les nouveautés de la littérature parisienne; nous connaissons trop bien la valeur des actions de plusieurs d'entre nos sociétés ou maisons de librairie, dont quelques-unes sont si caduques, que ceux qui les habitaient, bien qu'ils y eussent peut-être logement, feu et lumière, ont cependant mieux aimé d'en sortir, — pour que nous ne soyons en position de juger à quel point la librairie belge, et ceux qui y sont intéressés, ont prospéré ou non, et de conclure, par les résultats que nous avons sous les yeux, si notre première thèse est fondée ou si elle ne l'est pas.

Cependant il y a un moyen d'arriver non-seulement à empêcher la ruine complète de l'édifice, mais encore à le rendre si solide et si productif, que ceux-là mêmes qui s'en sont retirés auront peut-être à se repentir plus tard de leur précipitation.

Ce moyen ne peut être employé dans aucun autre pays que la Belgique. Il fera l'objet de la seconde partie de notre avis sur cette question.

II

La contrefaçon, exercée sur une aussi grande échelle qu'elle l'est en Belgique, ne doit avoir pour but que d'assurer à la librairie belge, dans les pays autres que la France, le marché de la littérature française, de manière à y acquérir une telle prépondérance que, dans le cas où la contrefaçon sera supprimée et où le marché français sera ouvert à notre librairie, celle-ci y dominera par la vente de tous les livres qui ne sont pas spécialement et exclusivement destinés à la consommation de la France.

Si la librairie belge est tellement maîtresse des marchés étrangers, que souvent les libraires étrangers demandent des éditions belges de livres dont Paris pourrait fournir des éditions originales à des prix plus modérés que les nôtres, c'est parce que la contrefaçon des publications françaises a été exercée chez nous, non pas sous la forme de simples spéculations individuelles, mais généralement et souvent avec de grands moyens. La librairie belge a en partie tellement écarté de ces marchés les éditions parisiennes, et, stimulée par la concurence qu'elle se fait à elle-même, elle les a tellement exploités que, à peu d'exception près, la librairie française actuelle n'y est connue que par ses ouvrages illustrés ou par des livres difficiles à vendre et assurés de cette manière contre toute concurrence. Voici la conclusion que nous pouvons tirer de ce fait : comme l'appréciation et l'établissement de relations avec l'étranger sont infiniment plus difficiles que ne le sont les simples relations avec l'intérieur, qui sont presque les seules que la France, ou, pour mieux dire, Paris cultive au moyen des nombreux commissionnaires en librairie que cette capitale possède,—il est évident que, la contrefaçon étant abolie en Belgique et le marché français étant, en compensation, ouvert aux livres dont notre librairie publiera les éditions originales, les prix que nous pourrons offrir aux auteurs pour leurs manuscrits seront infiniment plus élevés que ceux que peuvent leur payer les éditeurs français, qui en général connaissent beaucoup moins les marchés étrangers, et qui, même en offrant des droits d'auteur plus élevés, ne pourraient faire, selon nous, que des spéculations mauvaises ou au moins extrêmement peu sûres. Pour le genre de livres dont la contrefaçon belge s'est spécialement occupée jusqu'à ce jour, il n'y aurait de concurrence sérieuse à craindre que de la part de quelques éditeurs parisiens ; mais ceux-là, nous parviendrons aisément à les paralyser à cause de leur petit nombre, tandis que la plupart des libraires français devraient se borner aux livres illustrés, aux grands ouvrages subsidiés par le gouvernement, ou aux publications spécialement destinées à être débitées en France, qui se vendent en fortes quantités sur le marché français, et qui, meilleures peut-être que beaucoup de celles que la librairie belge réimprime, n'ont cependant pas été exploitées jusqu'à présent par cette dernière [1].

En démontrant ainsi comment, Bruxelles ayant pris la place de Paris comme centre de publication d'une partie des éditions originales françaises, non-seulement les opérations de notre librairie pourraient prendre un plus grand développement et être basées sur des fondements plus solides, mais encore comment nos imprimeries, nos fabriques de papier, et toutes les industries qui s'y rattachent, prendraient un nouveau degré de prospérité, — nous croyons avoir prouvé suffisamment la deuxième partie de notre opinion sur la question qui nous occupe.

On remarquera que nous nous sommes borné à dessein à présenter dans un cadre aussi précis et en même temps aussi clair que possible, non-seulement notre opinion sur l'avenir de la contrefaçon belge, mais encore les raisons sur lesquelles cette opinion est fondée. Nous n'avons pas voulu entrer ici dans l'examen des observations de détail pour ou contre notre système, lesquelles n'auraient d'intérêt que pour les négociants seulement, et nous avons simplement voulu mettre en relief notre idée principale. Ce n'est pas parce que nous ignorons les objections qu'on pourrait nous faire, par exemple, en nous disant — que les éditions belges n'ont point obtenu le dessus sur le marché anglais; — qu'en France plus d'un libraire intelligent pourrait tirer profit du nouveau système que nous proposons; — qu'il serait difficile de prouver l'avantage de notre proposition au fabricant de papier, et surtout à quelques imprimeurs qui, n'étant plus occupés par le négociant, ont entrepris eux-mêmes le rôle d'éditeurs, sans avoir aucune connaissance com-

[1] S'il en était autrement, il faudrait rechercher la cause dans l'amour propre des éditeurs français, et non pas dans l'inexactitude de nos calculs.

merciale;—qu'enfin ceux d'entre nos journaux qui devraient cesser
de paraître (à cause de l'abolition de la contrefaçon, qui leur
fournit les moyens d'intéresser leurs lecteurs au moyen de feuilletons puisés dans les journaux de Paris), ne penseraient pas unani-
mement, comme nous, que Bruxelles a trop de feuilles politiques
quotidiennes (elle qui, si petite en comparaison de Londres,
en possède cependant à elle seule un plus grand nombre que n'en
publie cette vaste capitale, bien que la lecture des journaux soit
un besoin général pour les Anglais, qui ne peuvent, comme on
sait, digérer convenablement s'ils n'ont visité leur *reading-room*),—
et que la fondation d'un nouveau journal à Bruxelles ne saurait être
une bonne entreprise commerciale, mais pourrait tout au plus pré-
tendre à être une entreprise philanthropique, morale ou politique.
On pourra nous dire aussi que la contrefaçon, étant abolie en Belgique, ira s'établir en Hollande et en Allemagne. Mais cette objection
tombe d'elle-même quand on considère que, la concurrence intérieure étant éteinte parmi les éditeurs belges, et le marché français
nous étant ouvert, les prix des éditions originales d'ouvrages français que nous pourrons publier, ne seront pas plus forts, malgré
l'admission de droits d'auteur plus élevés, que ne l'étaient ceux des
réimpressions belges il y a cinq à six ans, et qu'ils ne le sont encore
en ce moment sur les marchés lointains, moins exposés à l'influence
de la concurrence intérieure que se fait notre librairie ; par conséquent, la concurrence qu'on pourrait avoir à craindre de ce côté
n'existera réellement pas, ou du moins elle sera aussi insignifiante
qu'elle l'a été jusqu'à ce jour. Puis encore, il ne faut pas perdre de
vue que l'on ne doit attendre ni de la Hollande ni de l'Angleterre
une spéculation mauvaise sous le rapport commercial, et qu'en Allemagne et en Suisse, aussi bien qu'en France, la contrefaçon,
exercée comme spéculation privée et individuelle, a si peu fait fortune, que dans le premier de ces pays la librairie fait, précisément
au moment où nous écrivons, d'énergiques démarches contre la
réimpression; tandis qu'en France d'un côté la contrefaçon de livres
allemands a été complètement ruinée par les mesures prudentes

que les éditeurs allemands ont prises contre elle, et que de l'autre
côté la contrefaçon de livres anglais y a reçu un coup de mort,
en partie par la récente disposition du gouvernement britannique
qui défend aux voyageurs anglais d'importer du continent des
réimpressions étrangères, en partie par l'établissement d'une concurrence formée ailleurs. Tous ces détails et beaucoup d'autres se
réduisent, quand on les soumet à un examen approfondi, aux résultats que nous avons indiqués ci-dessus.

Or, comme la presse française et le gouvernement français luimême ont à plusieurs reprises émis le vœu dont nous souhaitons
l'accomplissement, le moment ne serait-il pas enfin venu d'examiner sérieusement cette question, si souvent agitée, et de la résoudre, si la solution en doit être avantageuse pour nous?

Notre première thèse, nous la maintenons toujours. Pour la
seconde, nous disons qu'elle ne sera réalisable que jusqu'à une certaine époque, dont nous avons au moins atteint le seuil, si nous ne
l'avons déjà franchi d'un pied. Jusqu'à ce jour les pertes qu'ont
souffertes dans le pays nos sociétés de librairie, qui fabriquent pour
l'intérieur ou pour l'étranger, ont pu être couvertes par le bénéfice
réalisé sur le marché étranger, et de cette manière celles d'entre ces
sociétés qui ont été sagement conduites ont pu, sinon donner de
gros dividendes, au moins payer à leurs actionnaires les intérêts
des sommes qu'ils ont versées et assurer le capital sur lequel ces
entreprises ont été établies; mais nous voyons la concurrence libre
et sans frein, non plus des fabricants et des négociants, mais des
ouvriers, après avoir exploité en tous sens le marché intérieur,
déborder de plus en plus sur les marchés étrangers; et, dans peu,
ces communications que la Belgique s'est ouvertes à tant de frais et
avec tant de peine seront tellement inondées, que notre librairie
finira infailliblement par s'y ruiner aussi, et que, auteurs, imprimeurs, fabricants de papier, capitaux, actions, et tout ce qui se
rattache à la librairie devra se résoudre à mourir, sinon d'une mort
héroïque, au moins de faim.

Bases d'un traité entre la France et la Belgique pour l'abolition de la contrefaçon.

1. Après avoir stipulé qu'aucun livre belge ne pourra plus être réimprimé en France, — condition que la France accordera si facilement que, pour le bien de notre littérature et de notre librairie, nous souhaiterions le contraire, — le gouvernement de Belgique fera, en 1845, une loi d'après laquelle, à dater du 1er janvier 1846, aucun ouvrage pour lequel il y a propriété en France ne pourra être réimprimé en Belgique, ni aucun ouvrage de la même catégorie, qui serait réimprimé en 1845, être marqué du millésime de 1846, comme on le fait fréquemment aux livres qui paraissent vers la fin de l'année ; enfin, en général, aucun livre ni écrit quelconque ne pourra paraître sans porter l'indication de l'année réelle de sa publication, moyen dont on peut s'assurer par des actes de dépôt.

2. Au 1er janvier 1846 sera mis en vigueur un nouveau tarif réciproque de droits d'entrée pour les livres, entre la France et la Belgique.

Les livres belges originaux ont été soumis jusqu'à ce jour à des droits fort élevés à leur entrée en France, et leur exportation vers ce pays a été presque nulle, à cause des nombreuses formalités auxquelles la douane française les soumet, et qui exigent que chaque ouvrage soit accompagné d'une déclaration de l'éditeur, de l'imprimeur et de l'expéditeur, légalisée par le bourgmestre de la ville où l'ouvrage a été publié. Tout en maintenant ces entraves pour tous les livres belges imprimés jusqu'à la fin de l'année 1845, il faudrait cependant que l'expédition de tous les ouvrages, imprimés depuis le 1er janvier 1846, pût se faire sans être soumise à d'autre formalité que la visite douanière ordinaire et à un droit d'entrée modéré, et à cet effet la déclaration de l'expéditeur porterait toujours l'indication que ces livres sont imprimés en Belgique depuis le 1er janvier 1846. De cette manière la vérification deviendrait extraordinairement facile pour la douane française; car, s'il se trouvait réellement dans le colis un livre réimprimé avant 1846, il se trahirait aisément par la date qu'il porterait; et s'il arrivait que des contrefaçons, frauduleusement marquées du millésime de 1846, voulussent, après avoir échappé à la douane française, s'infiltrer en France et de là dans un pays étranger, les yeux d'Argus que la concurrence aurait nécessairement sans cesse fixés sur cet objet, ne manqueraient pas de découvrir cette fraude en quelque lieu qu'elle vînt à se manifester. Dans ce cas, la fraude de l'éditeur ou du libraire mis en contravention sera punie d'après les dispositions établies dans la loi dont il a été parlé au n° 1.

3. Les livres imprimés en contrefaçon avant 1846 pourront être vendus après la mise en vigueur de ladite loi, de la manière dont ils l'ont été jusqu'à ce jour et sur les mêmes marchés; et les provisions qui s'en trouveront en magasin en Belgique à la fin de l'année 1845 monteront immanquablement en valeur par l'effet même de la loi que nous venons de mentionner [1].

---

[1] S'il était impossible d'exercer un contrôle suffisant sur la réimpression de l'un ou de l'autre ouvrage déjà précédemment contrefait en Belgique, et que le nombre des exemplaires d'un livre de bonne vente qui se trouveraient en magasin au moment de la mise en vigueur de la loi, ne diminuât point, parce que le contrefacteur en reproduit constamment de nouveaux exemplaires, exactement conformes aux précédents et portant le même millésime que ces derniers, — ceci ne pourrait exercer qu'une médiocre

4. Pour les ouvrages dont la publication, soit par volumes, soit par livraisons, aurait été commencée et n'aurait pas été terminée avant le 1er janvier 1846, il devrait être conclu un arrangement facile à trouver entre les deux parties contractantes.

5. Payement d'une indemnité à payer par la France (*voir page 21*).

influence sur l'augmentation de valeur que, dans notre système, les magasins belges actuels prendraient infailliblement ; car les bons ouvrages obtiennent à Paris plusieurs éditions, et de cette manière la vente des anciens exemplaires de notre librairie deviendrait impossible au bout d'un certain temps, et la fabrication de nouveaux exemplaires souvent une très-mauvaise affaire.

Quelques considérations sur les tarifs de douane pour les livres en général, et en particulier sur le tarif belge.

———

Le tarif douanier établi en Belgique pour les livres a été évidemment conçu, dans son essence, par un homme qui, n'étant exclusivement que négociant, a envisagé ces productions de l'intelligence non-seulement comme un simple article de commerce, mais même comme un article de luxe. Tout en accordant qu'un livre n'est qu'un produit industriel, et souvent un produit excessivement détestable, nous pensons cependant que les livres ne peuvent être exactement taxés en bloc de la même manière que les autres marchandises que l'on peut juger par la vue, par le tact, par le goût, par l'odorat, ou enfin par l'usage connu que le consommateur en a fait ; et, par conséquent, ils ne peuvent être imposés selon les règles ordinaires ; il faut, au contraire, les soumettre à un examen plus intelligent, avant qu'on ne les achète, et on ne parvient réellement à les débiter qu'en les expédiant de tous côtés. Si maintenant on considère que, dans chaque pays, les produits nationaux sont déjà protégés par la loi qui défend l'introduction de réimpressions faites dans les pays étrangers, — il est évident que la mesure qui soumet la littérature étrangère au payement d'un droit d'entrée élevé, est, à la fois, une tracasserie inutilement vexatoire aussi bien pour le commerce que pour le public, et un moyen peu profitable pour le trésor du pays. Mais quand on y rattache cette considération, que la Belgique ayant jusqu'à ce jour fabriqué principalement pour l'étranger, il arrive que les livres qui viennent en retour d'un pays et qui sont demandés par un autre pays, doivent rester inutilement déposés pendant deux mois dans l'entrepôt, à cause des formalités auxquelles la librairie est soumise pour jouir de la libre entrée en retour, on s'aperçoit que des ventes avantageuses nous échappent souvent, et que le débit de nos propres produits en souffre fréquemment de grandes pertes.

Les dispositions relatives aux droits de sortie ne sont pas plus rationnelles. Ici encore les livres sont estimés en bloc, comme le sucre, le café ou le vin; car le libraire belge qui envoie en retour à l'étranger les livres qu'il n'a pu débiter dans le pays, outre qu'il ne reçoit pas le remboursement des droits d'entrée élevés qu'il a déjà payés pour eux, est encore tenu au payement d'un droit de sortie, parce qu'il ne peut point mettre à l'entrepôt sa marchandise, laquelle, tout en portant la dénomination générale de *livres,* est cependant variée à l'infini, ni la retirer de là au fur et à mesure de ses besoins pour en opérer la vente. De tous les tarifs douaniers relatifs à la librairie qui nous sont connus, celui de la Prusse ou du Zollverein nous paraît le plus pratique et conçu avec le plus de connaissance de cause, parce qu'il est également avantageux pour le commerce et pour le public, et aussi intelligible et exécutable pour eux que pour la douane elle-même.

Le tarif belge, outre qu'il est onéreux pour le commerce et pour le public, ne nous paraît pas très-clair pour la douane. Nous pourrions, par notre propre expérience, donner un curieux exemple de la manière dont la douane le comprend; voici le fait : quoique le dictionnaire de l'Académie établisse qu'une *gravure* n'est qu'un *dessin gravé,* la douane confisque les modèles de broderies gravés sur cuivre, lorsque la déclaration des expéditeurs étrangers les donne comme *gravures,* parce que, d'après son dictionnaire, ce sont des *dessins.*

La différence établie pour les droits d'entrée, qui sont perçus d'après le poids, et qui sont plus élevés pour les livres reliés que pour les livres brochés, prouve de nouveau la taxation purement mercantile des livres, qui se trouvent ainsi répartis en marchandises brutes et en marchandises mises en œuvre.

Nous croyons que nos relieurs et nos cartonniers sont suffisamment protégés par la nature même des choses. En effet, quand même (ce qui n'est pas possible) on pourrait recevoir de l'étranger les reliures à un prix plus modéré encore, celles-ci souffriraient d'abord par le transport, ensuite le droit d'entrée serait plus élevé par l'augmentation du poids que les livres reçoivent de la reliure; enfin, à cause de l'embarras qu'une expédition de ce genre donne à la fois au commerce et à la douane; car, lorsqu'une maison étrangère veut expédier pour la Belgique une caisse ou un ballot de livres, parmi lesquels il s'en trouve en feuilles et d'autres brochés, cartonnés ou reliés, — il lui est aussi difficile de faire le compte exact du poids, qu'il est impossible à la douane d'en faire la vérification. Ensuite, lorsque la maison à laquelle le ballot est adressé croit avoir pourvu à tout, il lui arrive fréquemment d'apprendre avec stupéfaction, après avoir déballé l'envoi, qu'elle s'est trompée démesurément dans ses calculs et qu'elle a fait une mauvaise affaire par des achats opérés à des ventes publiques, et qu'elle croyait avantageux, mais qui sont loin de l'être à cause des droits d'entrée énormes qu'elle a payés pour de vieilles couvertures en gros carton ou en bois qui souvent ont été faites, il y a deux ou trois siècles, à Bruxelles ou à Anvers. Aussi, dans la suite, elle n'entreprend plus de semblables achats, bien qu'elle sache par cœur son *Brunet* et son *Ebert,* à moins que ce ne soit en vertu de commandes expresses, ou que les bibliophiles se déterminent à joindre toujours à leurs catalogues l'indication du poids brut et net de chaque livre.

Si l'on objectait à ceci que les livres imprimés et reliés en Belgique obtiennent la libre rentrée, après avoir mis, il est vrai, plusieurs mois à passer par les longues formalités dont nous avons parlé, — nous répondrons que le tarif n'en est pas moins défectueux, parce qu'on ne peut exiger ni de l'expéditeur ni des employés de la douane qu'ils aient passé un examen de docteur en lettres et qu'ils sachent par cœur le vocabulaire polyglotte de tous les noms de ville. Car ne doit-il pas arriver fréquemment que ces messieurs voient plutôt dans le mot *Lutetia, Lüttich, Luik* ou *Liége* que *Paris*, et, en revanche, dans le mot *Leodium* plutôt *Leyde* que *Liége ?*

Si les idées que nous venons d'exposer parviennent à obtenir quelque attention, le commerce de la librairie, aussi bien que le public, applaudira aux résultats qu'elles pourront amener; sinon, il faudra que nos bibliophiles se consolent avec ceux de tant d'autres pays dont les tarifs douaniers, comme il est facile de le démontrer, ne taxent pas toujours de la même manière les βιβλία, mais dont les uns les regardent comme des articles de luxe, tandis que les autres les mettent sur la même ligne que les briques ou le vieux fer.

La Belgique importe dans les États du Zollverein au moins vingt fois plus de livres que ces mêmes États n'en importent en Belgique. Et cependant les livres provenant du Zollverein paient dix fois plus de droits d'entrée à notre pays que les livres belges n'en paient au Zollverein.

Car les droits d'entrée des livres à la frontière du Zollverein sont d'un thaler par cent kilogrammes, tandis que le même droit à la frontière belge est établi comme suit :

Pour cent kil. de livres brochés,   31 fr. 80. Livres reliés,   42 fr. 40
        16 p. % additionnels,   5   08. 16 p. % add.   6   78
                      36   88.   49   18

Vient ensuite une augmentation de 25 à 50 p. % sur la somme indiquée, que la douane fait payer pour vérification, déclaration, acquit à caution et ouvriers. Enfin, à tout cela viennent se joindre les frais considérables du transport.

Ceci paraîtra incroyable, et c'est pourtant rigoureusement vrai. Or, nous dirons, à cette occasion, que notre tarif douanier n'est pas seulement défectueux pour les livres, mais qu'il l'est aussi pour beaucoup d'autres marchandises; qu'il n'en est pas seulement ainsi du tarif belge, mais encore de celui de beaucoup d'autres pays, et que cela provient probablement de ce que, dans les pays absolus aussi bien que dans les pays constitutionnels, les tarifs sont établis plutôt par des hommes d'État que par le commerce, et de ce que si, par hasard, ils sont dressés sous l'influence du conseil de quelques négociants, ceux-ci sont, de leur côté, trop peu hommes d'État pour juger la chose autrement que du point de vue de leur intérêt personnel et d'après une autre base que le genre d'affaires qu'ils font eux-mêmes.

Nous ne nions pas que l'examen minutieux d'un tarif douanier ne soit un travail extrêmement difficile; mais nous croyons aussi que, si l'on parvient à l'établir conformément aux véritables intérêts du commerce et du consommateur, il doit devenir une source féconde de prospérité et de richesse pour un pays, surtout lorsque ce pays est aussi heureusement situé que le nôtre; car, quoi qu'on en dise, la Belgique a sur le continent une des positions les plus favorables, pourvu qu'on la regarde plutôt comme pays de production, de commerce et d'entrepôt général, que comme pays de consommation; placée entre l'Angleterre, la France et l'Allemagne, elle peut prendre à la première son esprit industriel, à la deuxième son habileté à donner la vogue à ses produits, à la troisième son esprit de calcul, et par là devenir le meilleur négociant du continent.

Le négociant, comme individu, peut profiter de tout. Si l'importation d'un produit étranger dans le pays, ou l'exportation d'un produit du pays à l'étranger sont difficiles, il n'aura pas beaucoup de concurrents à redouter; et quand il réussit, à force de sacrifices et de peines, à établir des relations régulières, et qu'il se contente d'un léger bénéfice, la concurrence ne peut pas l'atteindre.

Or, pour ce qui concerne le commerce de la librairie, nous maintenons qu'on ne peut introduire en Belgique que par fortes quantités les livres étrangers, surtout ceux qui viennent des pays lointains: d'abord, à cause de l'énormité des frais; ensuite, à cause de l'abaissement des prix de ces produits, qui, par l'influence du bon marché de nos contrefaçons, après être descendus au-dessous de ceux des livres étrangers sur les marchés des autres pays, sont encore difficiles à vendre. De manière que, selon nous, on ne peut par leur débit faire qu'une très-mauvaise affaire, si l'on ne parvient à s'arranger de façon à payer la librairie étrangère avec des livres fabriqués en Belgique au lieu de la payer avec de l'argent. Mais l'importation des livres étrangers provenant d'Allemagne, d'Angleterre, d'Italie, d'Espagne, pour la consommation belge, est généralement si restreinte, qu'il est à regretter qu'à cause des droits d'entrée élevés auxquels ils sont soumis par notre tarif douanier, le commerce de librairie en Belgique ne puisse joindre les publications étrangères aux envois des publications belges qu'il fait à l'étranger.

Si maintenant nous disons qu'une grande partie des libraires de l'Allemagne, de la Russie et de l'Italie qui reçoivent des envois de la Belgique, tirent les publications anglaises de Leipzig, et ceux des deux premiers de ces pays souvent aussi les publications françaises de la même ville, — et qu'il nous est également impossible, à cause de notre tarif élevé, de joindre aux envois que nous faisons en Angleterre et en Amérique aucune publication étrangère, — on appréciera peut-être la portée de notre calcul, surtout quand nous ajouterons que la librairie bruxelloise a souvent acheté à Paris des nombres considérables de livres illustrés, et classiques surtout, lesquels ont été placés à l'étranger plus encore que dans le pays même, malgré les droits énormes qu'ils avaient d'abord payés à la frontière belge.

Dès le jour où la contrefaçon serait abolie et où les droits d'entrée élevés qui frappent à notre frontière les publications étrangères viendraient à cesser, la Belgique pourrait devenir un entrepôt général du commerce de la librairie en Europe. En ajoutant aux envois des livres français que nous avons imprimés depuis 1831, les éditions originales que notre librairie ferait à partir de 1846, et les livres étrangers, nous serions suffisamment à même, non-seulement d'écouler avantageusement les produits entassés dans nos magasins, mais encore d'entretenir et d'étendre nos relations de librairie à l'étranger, et ce serait là le seul et le plus sûr moyen de faire faire de bonnes publications à nos éditeurs.

Nous sommes convaincu que notre commerce de librairie prospèrerait plus que jamais; car, lors même qu'il serait impossible de saisir le sceptre de la mode que Paris tient en matière de littérature française comme en toute chose; lors même que la librairie parisienne, ayant tous les écrivains sous la main, se déciderait à organiser de vastes sociétés de librairie, destinées à travailler pour le monde entier; enfin, lors même que notre littérature nationale ne trouverait point d'acheteurs à l'étranger,—nous aurions encore une immense ressource dans le marché libre de la France pour les traductions de l'allemand et de l'anglais, moins d'ouvrages de littérature proprement dits que de livres de science et d'art, genre de publications que la France n'exploite point, et dans lesquelles la librairie française n'entrerait jamais en concurrence avec nous, du moins pour ce qui concerne la fabrication, mais qu'elle se chargerait de placer pour notre compte fabriquées et imprimées avec l'élégance que nous savons y mettre. Le libraire de Paris est Français et Parisien avant tout; or les Parisiens n'iront jamais chercher la science et les arts à l'étranger; mais qu'ils viennent à Paris, et surtout qu'ils s'y présentent parlant le français, le Parisien a assez de goût et de jugement pour adopter ce qui mérite réellement d'être apprécié.

Autant, selon notre manière de voir, il serait impossible et même inutile de demander à la France, pour l'abolition de la contrefaçon, une indemnité en faveur de la partie de notre industrie qui s'occupe de cette branche,—autant il serait, nous paraît-il, facile et équitable de la demander comme compensation de la perte qu'apporterait au trésor l'abolition des droits d'entrée sur les livres importés en Belgique. En effet, la librairie française en obtiendrait un double avantage: d'abord elle aurait reçu satisfaction sur la question principale; ensuite elle gagnerait par les achats importants que la librairie belge pourrait lui faire.

Quant à nos imprimeries, nous croyons que les bons compositeurs, qui doivent être des hommes pourvus d'instruction, ne demanderont pas même une indemnité, parce que l'abolition de la contrefaçon sera un grand avantage pour eux, en ce sens qu'elle mettra un terme à la funeste concurrence que leur ont faite jusqu'à ce jour des ouvriers qui savent bien composer d'après un texte imprimé, mais qui ne sont pas capables de composer d'après un manuscrit.

Ces derniers sont, depuis nombre d'années, habitués à se regarder comme de véritables compositeurs et à occuper dans l'art de l'imprimerie une place à laquelle ils n'ont aucun titre, mais où l'état actuel des choses les a mis. Il y a parmi eux plus d'un honnête père de famille, plus d'un bon et laborieux ouvrier qui perdrait, sans que ce soit sa faute, le travail dans lequel il a, jusqu'à ce jour, trouvé son existence.

Or ceux-ci, nous les recommandons non-seulement à la sollicitude des gouvernements, mais encore à la population des deux pays. C'est surtout aux écrivains et aux artistes que nous faisons un appel en leur faveur. Que ceux d'entre eux aux productions desquels le succès est assuré se réunissent pour faire quelque publication importante en faveur de cette classe d'ouvriers. Ce serait là non pas leur faire une aumône, mais acquitter envers eux une dette que la littérature et les arts payeraient à l'ouvrier dont les intérêts seraient compromis.

Appendice.

1. La littérature nationale après l'abolition de la contrefaçon.
2. Les écrivains français et la librairie belge.
3. La loi saxonne et la librairie belge.
4. Conclusion.

La littérature nationale après l'abolition de la contrefaçon.

———

Quel que soit l'intérêt que nous portons à notre littérature nationale en général, nous ne pouvons lui prédire un avenir brillant, parce qu'elle n'est point le résultat d'un élément national, et que la grande majorité de ceux qui y ont concouru avec plus ou moins de succès se servent d'un mode d'expression étranger, c'est-à-dire, d'une langue qui n'est pas même attachée par un lien de famille à la leur. Autant nous sommes convaincu que, grâce au concours énergique de la nation et du gouvernement, il serait possible de généraliser, au milieu de la population flamande, comme cela s'est fait parmi les populations germaniques, l'usage de la langue allemande; qu'en Belgique, aussi bien qu'en Allemagne, le peuple, — pour se faire comprendre des savants, ou pour s'instruire lui-même par eux, par leurs paroles ou par leurs écrits, — pourrait, dans l'impossibilité où il est de se servir de son idiome, tel qu'il le parle, employer une langue issue de cet idiome, mais façonnée, polie et perfectionnée par l'étude, par l'art et par la science; que la littérature belge, étant ainsi devenue allemande par son mode d'expression, ne tarderait pas à se développer dans son véritable sentiment national, qui est tout germanique de sa nature, en s'appuyant sur ses belles

4

traditions historiques, sur sa riche aristocratie, sur son opulente bourgeoisie, sur ses artistes célèbres, et sur ses libertés constitutionnelles; que bientôt elle pourrait ainsi marcher d'un pas ferme et sûr, non pas avec la suffisance d'un commis voyageur français, ni avec la lourdeur d'un campagnard flamand, mais avec la dignité d'un seigneur belge qui a le pied sur l'héritage de ses ancêtres, et franchir, riche et considérée, les frontières de la grande patrie germanique à laquelle elle appartient par son passé, et qu'alors la science et la poésie belges grandiraient et seraient honorées et estimées, — autant nous sommes convaincu que la langue flamande ne fera jamais fortune par elle-même sur son propre sol; car nous pouvons affirmer qu'en Allemagne on s'intéresse infiniment peu à cette langue, quoi qu'en aient pu dire quelques écrivains belges qui la cultivent.

La langue flamande n'est ni lue, ni parlée, ni comprise en Allemagne, si ce n'est par quelques philologues, parce que pour cette classe de savants elle se rattache par un lien incontestable à la famille des idiomes germaniques; parce qu'elle rappelle involontairement le *platt-deutsch* (ou idiome bas-allemand), qui n'a d'accès ni dans la littérature, ni dans les salons de leur propre nation; parce que, plus ils l'étudient, plus ils reconnaissent en elle la parente surannée dont ils ont eux-mêmes épousé la fraîche et avenante arrière-petite-fille. Aussi, quand il leur arrive de se montrer parfois galants et prévenants envers elle, il ne faut point attribuer cet empressement aux charmes personnels qu'elle possède, mais au respect seul que les jeunes gens intelligents doivent à la vieillesse.

Notre opinion est donc que la littérature flamande ne doit pas compter sur l'étranger. Si elle veut se contenter des rares lecteurs qu'elle trouve dans le pays et même en Hollande, libre à elle de continuer à marcher dans la voie où elle est entrée, et l'abolition de la contrefaçon française ne peut que lui être avantageuse. Que si elle publie une production qui soit non-seulement belle et excellente pour les populations flamandes, mais qui soit encore utile pour d'autres nations, cette production sera lue, appréciée et reconnue en Allemagne, non pas dans l'idiome original, mais traduite dans la langue allemande, laquelle est en Belgique même beaucoup moins cultivée par les personnes qui se servent de l'idiome flamand que par celles qui parlent et écrivent en français.

Quant à la partie de notre littérature qui se sert de la langue française, nous pensons qu'elle pourra difficilement se formuler dans un esprit et dans un sentiment national, parce que l'instrument qu'elle emploie est un instrument étranger. Cependant on ne peut mettre en doute que les excellentes productions qu'elle a déjà fournies en grand nombre, n'eussent pu obtenir et ne puissent obtenir encore un succès infiniment plus grand que celui qu'elles ont rencontré jusqu'à ce jour, même en se trouvant entièrement privées du marché français, et en n'ayant que le marché de l'intérieur et celui des pays étrangers qui lisent cette langue.

Les productions de la littérature française, en général, bien que personne n'en puisse nier l'incontestable mérite, sont cependant des objets de mode qui ont besoin d'être mis en vogue par l'estampille parisienne; car en France la librairie tout entière a dû se placer sous l'influence de cette force électrique qui résulte à Paris du contact continuel des sommités de la science, de la littérature et des arts, et elle a dû non-seulement établir dans cette capitale un centre d'action, mais encore y concentrer ses fabriques.

Aussi un livre venu de Belgique n'a pu se vendre à l'étranger, si l'édition originale n'en avait d'abord été publiée à Paris; et, grâce à la librairie belge, il est arrivé fréquemment que les contrefaçons d'un livre qui ne se vendait guère à Paris même, étaient d'une si bonne vente à l'étranger, que l'auteur à la plume duquel il était dû, et auquel son éditeur n'avait peut-être qu'un regard de reproche à donner, serait étrangement étonné de la manière gracieuse dont il serait accueilli chez nous; il le serait plus encore en apprenant, comme nous pourrions le lui prouver par les lettres de nos correspondants, que la traduction allemande ou italienne de son livre n'a pas été faite sur l'édition originale, mais sur la contrefaçon bruxelloise.

La nature des choses voulant que la littérature, de même que les étoffes et les vêtements, passe par les mains du marchand, il arrive que cette mode exerce une telle influence sur le succès même des ouvrages qui sont loin d'être du premier ordre, qu'il nous serait facile de prouver qu'un grand nombre de librairies étrangères, ne pouvant attendre l'envoi d'un catalogue, mais nous faisant une fois pour toutes des commandes pour les nouveautés de la littérature française qui paraissent successivement en éditions belges, en excluent presque toujours les ouvrages belges originaux, qu'elles ne prennent pas du tout ou qu'elles ne demandent que plus tard, en les choisissant dans les catalogues ou d'après des commandes spéciales.

Or, si le projet que nous proposons était jugé digne d'être examiné et mis à exécution, et que, la contrefaçon étant abolie, le marché français nous fût ouvert, nous pourrions, au nom de toutes les librairies belges, promettre à notre littérature nationale française qu'elle serait, si non tout de suite, au moins dans peu de temps, ne fût-ce que comme une espèce de contrebande, introduite sur les marchés européens; et dès qu'une fois elle y aurait paru avec avantage et succès, elle ne frapperait plus vainement à la porte de l'éditeur belge; elle y serait, au contraire, attendue à bras ouverts, et il transformerait les manuscrits de nos écrivains, non-seulement en bonnes lettres de change, mais encore en bonnes banknotes d'honneur et de renommée.

LES ÉCRIVAINS FRANÇAIS

ET

LA LIBRAIRIE BELGE.

———

Nous mettons en fait qu'un libraire entendu qui aurait publié seul en France et en Belgique *les Mystères de Paris*, par *E. Sue*, même quand l'auteur aurait fait paraître en même temps son livre en feuilletons dans un journal, eût pu lui donner de son manuscrit cent cinquante à deux cent mille francs et eût encore fait une bonne opération commerciale.

Les romanciers français du deuxième et du troisième ordre, qui sont si mal exploités par la librairie parisienne, que leurs volumes à sept francs cinquante centimes, où il y a plus de papier blanc que d'impression, ne sont achetés que par les cabinets de lecture, pourraient, grâce à la librairie belge, être mis en position de dîner au café de Paris, au lieu de se contenter d'un dîner de trente sous. Cette librairie, à laquelle ils rapportent plus de bénéfice que ne lui en procurent les auteurs plus renommés, qui appartiennent au domaine de la concurrence générale, devrait leur témoigner sa reconnaissance en leur fournissant en outre cabriolet et cheval de selle, et en

les mettant à même de se poser en lions et de conquérir la vogue
dans les salons parisiens; car en cela seul gît le grand moyen de mon-
ter de la deuxième classe à la première et de grossir un revenu de
mille francs jusqu'à un revenu de cent mille.

En France, d'après nos faibles idées, le romancier qui a du talent
est non-seulement un bon fabricant, mais encore, à défaut de bons
marchands qui puissent le faire valoir, il s'est fait marchand lui-
même et n'a laissé à la librairie que la simple boutique.

Nous n'avons pas la prétention de nous prononcer sur la valeur
de la marchandise; mais pourtant on ne saurait nier que l'énorme
consommation qui se fait de cet article soit infiniment plus le résultat des bonnes manipulations commerciales qui savent le mettre à
la mode, que de la qualité supérieure de la marchandise elle-même.

L'auteur paie de sa poche les frais réels de ces manipulations;
c'est pourquoi nous trouvons qu'il est fort juste qu'il encaisse, non-
seulement le bénéfice du fabricant, mais encore celui du négociant
en gros, quoique ces bénéfices eux-mêmes en deviennent plus minces.
La librairie française, qui devrait être la première du monde, doit
donc se faire à elle-même le reproche de ne devenir qu'une teneuse
de boutique.

Il est entendu que ce que nous venons de dire n'est qu'une vérité
générale, et qu'il y a à faire à notre jugement des exceptions fort
honorables.

Les écrivains français ont si souvent donné aux libraires belges
la qualification de brigands, que ceux-ci ont plus d'une fois réimprimé eux-mêmes ce mot injurieux et l'ont propagé dans le monde.
Ils doivent donc à la librairie bruxelloise d'avoir transformé par son
estampille une de leurs vides paroles en une bonne plaisanterie. Si
la librairie française prenait aussi bien à cœur que la nôtre les intérêts des auteurs étrangers qu'elle réimprime, elle aurait à plus d'une
reprise imprimé en anglais, en italien, en espagnol ou en allemand
qu'elle était une voleuse.

Si maintenant la librairie française et la librairie belge, au lieu
de s'entendre, veulent continuer à se faire la guerre, non-seule-

ment l'issue de leur duel ne saurait être douteuse, mais encore il en résultera que pendant ce temps les écrivains aussi bien que le public apprendront de plus en plus à se passer de toutes les deux.

Enfin, nous devons expliquer aux écrivains français pour quel motif nous les divisons en première, deuxième et troisième catégorie, et nous leur ferons connaître, à cette occasion, un des mystères de la librairie, qui leur donnera une faible idée de la puissance mystérieuse qu'elle exerce sur eux.

Les ordres généraux que beaucoup de maisons de librairie belges ont, sans commande expresse, des différentes librairies étrangères d'Allemagne, de Russie, d'Italie, d'Espagne, etc., etc., pour l'expédition des nouveautés françaises, romans et ouvrages d'histoire, sont à peu près conçus dans la proportion suivante :

de 2 à 4 douzaines de N° 1,
de 6 à 12 exempl. de N° 2,
de 2 à 6 exempl. de N° 3.

La librairie belge lit généralement fort peu; et, comme nous ne pouvons pas dire du mal de nous-mêmes, nous admettons qu'elle n'a pas le temps de lire. Cependant elle doit établir très-souvent elle-même la classification des écrivains et les mettre chacun à sa place, de même qu'un directeur de collége répartit ses élèves en première, deuxième, troisième classe, etc., etc. Elle a assez d'abnégation pour ne tenir aucun compte de son goût et de sa prédilection particulière, mais pour céder, au contraire, au goût et à la prédilection du public; c'est pourquoi elle est forcée de placer souvent M. Paul de Kock dans la première classe et M. de Chateaubriand dans la deuxième, de crainte de recevoir des reproches de ses correspondants.

La librairie étrangère, qui a à satisfaire ses innombrables cabinets de lecture et les amateurs particuliers, veut, en outre, que la librairie belge lui fasse des expéditions à des époques fixes — tous les huit ou tous les quinze jours.

Quant aux lecteurs belges, ils demandent aux rédactions des journaux politiques, chaque semaine un volume de roman ou d'histoire, choisi parmi les nouveautés françaises, gratis et en forme de supplément. Puis il existe en Belgique une infinité de publications qui se nomment Muséum, Bibliothèque, Trésor ou Galerie littéraire; la librairie même a dû établir, malgré nos excellents fiacres, un *Omnibus littéraire*; et chacun de ces véhicules doit décharger par semaine un ou plusieurs volumes de nouveautés littéraires françaises à la porte du public.

Or, comme il y a en Belgique et dans les pays autres que la France tant de millions d'habitants, que nous devrions d'abord étudier Maltebrun pour en pouvoir donner le chiffre quelque peu exact, et comme la plupart des lecteurs qui s'y trouvent répandus désirent le N° 1, il faut que les différents représentants de la librairie belge impriment ce numéro au moins une douzaine de fois, bien qu'ils n'y fassent aucun bénéfice, parce que la grande concurrence intérieure en déprime les prix même sur les marchés étrangers.

C'est une véritable bonne fortune pour la librairie belge quand Paris ne produit pas assez de livres de n° 1 pour approvisionner les différents établissements qui, réunis, en font une assez bonne consommation chaque semaine, parce qu'alors elle peut choisir entre le n° 2 et 3, et se soustraire ainsi à la grande concurrence que nos maisons se font entre elles.

Mais comme la librairie belge ne lit pas, le choix qu'elle a à faire ainsi est d'une nature un peu vague et incertaine; et de cette manière il arrive que souvent elle réimprime quatre fois le n° 3, tandis qu'il ne paraît que deux ou trois éditions du n° 2. Même il arrive fréquemment que — lorsque, à Paris, les n°˙ 1, 2, 3 se sont, pendant quelque temps, un peu relâchés de leurs travaux littéraires et ne peuvent ainsi approvisionner la librairie belge, — celle-ci exhume dans quelque coin de Paris des n°˙ 4 ou 5 et les publie sous n° 3. Y a-t-il, au contraire, surabondance de n° 2 et 3 à Paris, la librairie bruxelloise, à laquelle manque toujours le temps de lire et par conséquent de faire un choix convenable, mais qui sait par expérience qu'il n'est pas nécessaire d'y voir de si près, se décide, en bon négociant (parce que les prix des volumes de ses éditions sont presque toujours les mêmes), à choisir le volume qui comprend trois cents pages, de préférence à celui qui en comprend trois cent vingt.

Elle s'est bien, il faut le dire, trouvée embarrassée un instant par la mode que les écrivains français ont adoptée de publier leurs livres en feuilletons; mais elle n'a pas tardé à s'apercevoir bientôt qu'il ne manquait au produit que d'être façonné en livre pour pouvoir passer par la main du négociant.

Dès qu'il a paru un nombre suffisant de feuilletons pour former un volume de deux à trois cents pages, le libraire belge les réimprime en livre, et peu de jours après, ces feuilletons transformés en un joli et coquet volume, à la fin duquel il écrit de sa propre main ces mots : *fin du premier volume*, cheminent vers la frontière. Sans qu'il s'inquiète de la continuation d'un ouvrage qu'il n'a pas lu lui-même, il charge quelqu'un de ses commis de veiller à ce que le deuxième volume s'imprime de la même manière que le premier. Quelques jours se passent, et le commis, après avoir annoncé que l'ouvrage est terminé, mais que les feuilletons publiés ne composent que la moitié d'un volume, lui demande s'il faut le compléter par quelque extrait de la *Revue de Paris* ou de la *Revue des deux mondes.*

Le libraire est fort occupé pour le moment; il prie le commis de s'en aller. Alors le brave employé prend au hasard un article de quelque écrivain à la mode, qui forme, sous un titre à part, la plus forte partie du deuxième volume. Ce tome suit celui qui l'a précédé, sort de l'atelier pour entrer dans le monde, et quelquefois — par un heureux hasard — il arrive que l'article complémentaire dédommage le lecteur de l'ennui que lui a causé la lecture de l'ouvrage principal qu'il a acheté.

Nous avons dit aussi que pour l'étranger la littérature parisienne est un article de mode. Ajoutons que la modiste par laquelle cette étoffe française si recherchée est mise en œuvre et façonnée, n'habite plus à Paris, mais qu'elle est établie à Bruxelles, où la dépense de nourriture, de loyer, et les frais de main-d'œuvre sont beaucoup moins élevés. Peut-être a-t-elle perdu un peu de son bon goût parisien; mais comme elle fait seule le commerce de cet article à l'étranger, on s'y est par degré habitué à son goût. De là, la forme étrange et bizarre des chapeaux qu'on porte naïvement pour de véritables chapeaux de Paris; de là peut-être aussi la grande différence entre le goût littéraire au sujet des productions françaises, en France et à l'étranger, où nous avons souvent entrevu sur le bureau d'un grave homme d'État, ou sur la table d'une personne comme il faut, des livres qu'en France on ne trouverait que dans la loge du portier ou dans la mansarde de la grisette. Naguère, il est vrai, la modiste de Bruxelles pouvait se régler d'après le goût parisien; elle pouvait l'attendre aux barrières de la capitale, pour l'introduire dans le monde. Mais depuis que la concurrence, qui a pris un si vaste développement à Bruxelles, l'a forcée d'abandonner son unique et seul guide, c'est-à-dire la vogue obtenue par l'article à Paris; depuis qu'elle a commencé à coudre la robe avec des échantillons d'étoffes si mauvaises, qu'à Paris même le fabricant ne les montre que dans son arrière-boutique, et qu'elle y ajoute, pour la terminer, n'importe quel lambeau d'étoffe lustrée, depuis ce temps elle a dû aussi diminuer ses prix, et l'étrangère qui veut des robes de Paris, et qui les portera toujours, se console si elles sont moins bonnes de qualité qu'elles ne l'étaient il y a dix ans, en raison du bon marché qui lui permet d'en acheter trois au lieu d'une seule.

Nous allons plus loin, nous prédisons qu'un jour viendra où ces chapeaux et ces robes feront honte au bon goût parisien; car, ainsi que nous l'avons dit, la couturière bruxelloise est loin de faire de brillantes affaires; elle commence à se retirer, et ce seront ses ouvrières qui continueront le commerce. Or, celles-là ne sont pas des grisettes de Paris, mais de braves et bonnes Flamandes qui, tout en travaillant jour et nuit, se contentent d'un maigre repas, et — nous permettra-t-on de le dire? — d'un verre de faro!

Voilà un échantillon des mystères de la librairie belge.

On trouvera peut-être un peu bourgeoise la comparaison que nous avons employée ici, mais on en appréciera la justesse et l'exactitude.

La loi saxonne et la librairie belge.

La loi récemment promulguée en Saxe, en vertu de laquelle un auteur étranger, après avoir publié une édition originale d'un ouvrage, peut encore publier dans ce pays une autre édition originale du même livre, nous paraît se trouver en contradiction flagrante avec les mesures ordinairement si pratiques que l'on adopte dans ce royaume.

Car, non-seulement elle renverse le principe généralement reconnu, selon lequel il ne peut y avoir qu'une seule édition originale d'un ouvrage; mais encore elle a pour résultat de léser sensiblement les intérêts de l'éditeur original en Saxe, au lieu de les défendre. Car, si cette loi reconnaît et protège à la fois, par exemple, l'édition originale d'un ouvrage fait à Londres, et une autre édition originale faite à Leipzig, le libraire qui aura publié cette dernière, devra avoir nécessairement le droit de faire confisquer en Saxe les exemplaires de l'édition anglaise, aussi bien que le libraire de Londres pourra y faire confisquer ceux de l'édition saxonne. Par conséquent, comme Leipzig est un grand centre d'expédition pour les livres originaux de l'étranger, les éditions originales primitives devront être saisies en Saxe, contrairement à tous les droits des nations.

Comme ce droit de propriété, ainsi établi en Saxe, a été même étendu, dans ces derniers temps, à des éditions d'ouvrages anglais qui, publiés à Leipzig, offrent au prix d'un demi-thaler ce qui coûte à Londres 1 liv. et à Paris en contrefaçon cinq francs, et qui, après avoir d'abord été considérés comme contrefaçons, veulent être aujourd'hui regardés comme des éditions originales saxonnes et se maintiennent au même prix modéré, — nous sommes suffisamment autorisé à dire que cette loi a été faite dans l'intérêt exclusif de la librairie saxonne, puisqu'il ne faut, pour assurer la prétendue propriété aux libraires de Saxe, qu'une simple déclaration de l'auteur, laquelle est toujours très-facile à obtenir, et que l'éditeur primitif, sachant que son ouvrage n'en sera pas moins réimprimé à l'étranger, ne fera pas plus de difficulté pour s'opposer à cette manipulation.

Aussi nous trouvons que les gouvernements des autres États de la Confédération germanique ont agi très-sagement en refusant de reconnaître et de protéger le droit de propriété tel que la Saxe l'a établi. Et nous supposons que le gouvernement saxon examinera cette loi, afin que ni la France qui réimprime les livres anglais, ni la Belgique qui réimprime les livres français, ni les États de la Confédération germanique qui réimpriment les livres de tous les pays, ne lui reprochent d'avoir fait cette loi dans l'intérêt exclusif de la librairie saxonne, pourvu qu'elle couvre sa contrefaçon du bouclier d'une déclaration des auteurs, ce qui au fond n'est qu'un *brigandage protégé par la loi*, pour nous servir d'une expression trouvée par la presse française pour flétrir la contrefaçon, et souvent répétée par la presse allemande.

La contrefaçon a aussi fait de très-mauvaises affaires en Allemagne, où elle se trouve réduite à quelques spéculations particulières et insignifiantes qui se montrent aujourd'hui et disparaissent demain. La librairie allemande, qui, par son organisation, est, sous plus d'un rapport, indépendante des États de la Confédération pris isolément; qui, bien qu'elle existe dans les différents pays de la patrie germanique, respecte cependant la propriété de chacune des maisons dont elle se compose; qui, bien que chacun des États allemands ait une monnaie différente, n'admet cependant, pour régler ses comptes, qu'une seule monnaie commune, qu'elle a su imposer au public dans ses catalogues, — cette librairie, si la contrefaçon belge était abolie, prêterait la main non-seulement à la Saxe, mais encore à tous les autres États de la Confédération germanique, pour y mettre un terme, ce qui est impossible aussi longtemps qu'elle sera pratiquée avec tant d'énergie en Belgique ; et dès-lors les petites spéculations particulières auxquelles la contrefaçon donne lieu en Suisse et en Italie, cesseraient d'elles-mêmes, faute de débouchés [1].

[1] Un libraire de Leipzig, muni d'une déclaration de M. Eugène Sue, a publié une édition originale en français et une autre en allemand du roman le *Juif Errant*. Pour la première, aucun éditeur allemand ne se mit en concurrence avec lui, à cause du grand nombre d'éditions bruxelloises de ce livre qui allaient paraître et passer la frontière. Mais les exemplaires belges du livre furent saisis par le conseil municipal de la ville de Leipzig, à la requête de l'éditeur saxon, et même il fut fait défense aux journaux de la Saxe de les annoncer. Malheureusement les intérêts de la librairie belge, divisés par le grand nombre d'éditions différentes, ne furent pas convenablement défendus, et le dommage qu'ils avaient subi à Leipzig, s'il ne fut pas compensé par la Saxe, le fut du moins par la vente qu'ils firent dans le reste des États dont se compose l'Allemagne.

Mais la concurrence allemande se mit elle-même en lutte avec l'édition originale en allemand, et le bon sens germanique prouva aisément que la loi avait simplement été mal comprise à cause de son obscurité. Le prétendu éditeur original de la traduction perdit son procès ; mais à cause de cette dernière circonstance, *l'obscurité de la loi*, le demandeur et le défendeur furent condamnés à payer chacun la moitié des frais. Après quoi, il parut plus de douze traductions allemandes du même ouvrage.

Nous sommes convaincu que nous obtiendrions également gain de cause pour les éditions belges ; mais nous n'avons pas nous-même réimprimé ce livre. Quant à la librairie belge, en général, elle ne paraît pas disposée à payer la moitié des frais d'un procès, à laquelle elle pourrait être condamnée à cause de l'obscurité de la loi d'un État de la grande confédération allemande, et elle attendra probablement jusqu'à ce que les frais du procès soient restitués de par la loi aux deux parties condamnées.

C'est une injustice contre la librairie en général, et nous espérons que le gouvernement de Saxe sera le premier à défendre notre cause auprès de la confédération germanique. La contrefaçon allemande en France et celle des publications françaises en Allemagne sont de si peu d'importance, qu'il ne faudrait pas même un traité pour l'abolir. Il suffirait d'une simple loi qui défendrait toute contrefaçon en Allemagne et en France, à partir du 1er janvier 1846.

CONCLUSION.

Si nous avons pris à tâche de démontrer, aussi bien que nous l'avons pu, dans la première partie de cette brochure, l'avantage que l'abolition de la contrefaçon procurerait à la librairie belge et aux nombreuses industries qui s'y rattachent, ç'a été, d'un côté, parce que, selon nous, dans une question industrielle, c'est le fabricant ou le négociant qu'il faut entendre, et non les gérants, les employés, les ouvriers, la littérature, qu'il faut interroger ; de l'autre côté, parce qu'il nous importe de savoir si *le statu quo*, dont la continuation nous paraît impossible, restera ou non, — afin de pouvoir tirer sur les marchés étrangers tout l'avantage possible que la concurrence intérieure nous présente. Car nous faisons le commerce de contrefaçons et nous n'en fabriquons point ; et si jusqu'à présent nous avons, presque seul à côté de nos sociétés de librairie, visité les marchés de l'étranger, ç'a été pour échanger les publications belges contre celles de l'étranger que nous importons dans le pays, plutôt que pour nous mettre en concurrence avec ces compagnies.

Quant à la seconde partie de cet écrit, nous croyons que la littérature, — si toutefois elle daigne y faire attention, — nous pardonnera d'avoir fait une incursion dans son domaine ; car nous avouons tout le premier que nous comprenons toute notre incompétence en cette matière, et nous sommes convaincu que notre style manque de couleur et que nos tableaux, s'ils sont d'une vérité exacte, pèchent par le dessin.